Essie

Et si j'étais vétérinaire ?

Youpi, je lis !

MES PETITS ROMANS À LIRE COMME UN GRAND

Cette histoire a été écrite pour être accessible dès la fin du CP et le début du CE1 :

- le **texte est court**,
- il est divisé en **chapitres** qui rythment la lecture.

Cette histoire a aussi été écrite pour **passionner, émouvoir, faire rire** et **rêver** son lecteur, parce que **quand on aime lire, c'est pour toute la vie !**

ISBN : 978-2-7470-8246-4
Dépôt légal : août 2017
Loi n° 49-956 du 16 juillet 1949 sur les publications destinées à la jeunesse.

Achevé d'imprimer en 2017
par Pollina – 85400 LUÇON - 81433B
Imprimé en France

Essie

Et si j'étais vétérinaire ?

écrit par Claire Clément

illustré par Ⓡobin

bayard jeunesse

Bouffon, le chat d'Essie, est malade, et le vétérinaire est débordé. Il ne peut pas l'examiner avant trois jours. Trois jours ? Le vétérinaire exagère !

– Ce n'est pas grave, mon Bouffon, le réconforte Essie. Je vais te soigner. À mon avis, tu as trop mangé et tu as mal au ventre. Allez, bois un peu d'eau, et au dodo ! Je pourrais être un très bon vétérinaire, moi. Et je ne laisserais pas les animaux souffrir. Ah non ! Je les soignerais tout de suite !

Tiens, et si…

Et si j'étais vétérinaire ?

Aussitôt dit, aussitôt…
Essie est vétérinaire.

Bouffon, son premier patient, va beaucoup mieux. Il est devenu l'assistant du docteur Essie. Chaque matin, il part chercher les animaux en détresse.

– À tout à l'heure, Bouffon !

Pendant ce temps, la salle d'attente se remplit.

Le docteur Essie passe devant Coco, son perroquet. Perché sur le dossier d'un fauteuil, il crie d'une voix aiguë :

Coco a un drôle de caractère, mais il n'est pas méchant. Le docteur Essie lui répond gentiment :

– Salut, mon joli ! Lumière de mes nuits !

Puis elle lance :

– À qui le tour ?

Une petite fille se lève. Elle pleure à chaudes larmes :

– Minouche n'est pas propre. Maman a dit qu'elle la jetterait par la fenêtre si elle continue à faire pipi partout…

Le docteur Essie prend le chaton dans ses bras. Elle ne peut pas garder tous les animaux ; elle manque de place. Mais Minouche est si mignonne…

– Suis-moi, dit le docteur Essie à la petite fille.

Elle l'emmène dans son jardin. Il n'est pas grand, pourtant il y a déjà :

– Ici, Minouche sera bien, dit le docteur Essie.

La petite fille est si soulagée qu'elle saute de joie :

– Oh, merci, docteur Essie ! Vous êtes top de chez top, et je vous adore !

En retournant dans la salle d'attente, le docteur Essie passe devant son perroquet.

Coco est vraiment mal élevé, mais le docteur Essie lui répond avec patience :

– Salut, mon poto ! Tu sais que t'es beau ?

Puis elle lance :
– À qui le tour ?
Un petit garçon se lève. Il tient un lapin dans ses bras. Le lapin est… tondu ! Comme l'enfant !
– C'est mon papa… J'avais des poux, et il a eu peur que Pampan les attrape, et…

Évidemment, le lapin a pris froid !
– Et maintenant, mon papa a peur que j'attrape son rhume !

Le docteur Essie donne du sirop à Pampan et l'habille d'un gilet brun spécial lapins. Elle ne peut pas garder tous les animaux ; elle manque de place. Mais Pampan est si mignon…

– Suis-moi, dit-elle au petit garçon.

Elle l’emmène dans sa chambre. Elle n’est pas grande, pourtant il y a déjà :

– Ici, Pampan sera bien, dit le docteur Essie.

– Oh, merci, docteur Essie ! s'écrie l'enfant. Vous êtes top de chez top, et je vous adore !

Soudain, un *« bip bip »* retentit. C'est un appel d'urgence.

– Docteur Essie à l'appareil !

– Docteur Essie ? C'est le cirque Dutonnerre. Mira, la guenon, a un problème. Vous pouvez venir tout de suite ?

– J'arrive !

En traversant la salle d'attente, elle entend :

Coco commence à être agaçant. Le docteur Essie soupire mais répond :

– Salut, oiseau gracieux ! Tu as de si beaux yeux !

Au cirque, le docteur Essie est conduite auprès de Mira. La pauvre ! Elle est toute molle ! Le docteur Essie la caresse longtemps. Elle ne peut pas garder tous les animaux ; elle manque de place. Mais Mira est si mignonne…

– Cette petite guenon a besoin de calme, elle est épuisée, dit le docteur Essie au directeur du cirque. Je l'emmène ; chez moi, elle sera bien.

Elle pense à son cabinet. Il n'est pas grand, pourtant il y a déjà…

– Merci, docteur Essie ! s'écrie le directeur du cirque. Vous êtes top de chez top, et tout le monde vous adore !

Le docteur Essie revient à son cabinet, elle ouvre la porte de la salle d'attente…

Au même moment, Bouffon revient avec sa carriole !

– Mon Bouffon ! Tout va bien ? Repose-toi et mange ! Je me charge de tout !

Le docteur Essie rassure, soigne et installe tous ces petits animaux en détresse dans son jardin, dans sa chambre, dans son cabinet…

Enfin, sa journée de travail est terminée ! OUF !

À peine allongée sur son lit, elle s'endort. Mais, dans la nuit, elle est réveillée par de drôles de bruits… Des raclements, des barrissements, des piétinements… Que se passe-t-il ?

Elle descend dans la salle d'attente, ouvre la porte et se retrouve nez à nez avec un éléphant ! Derrière l'éléphant, il y a deux lions, derrière les lions, trois chevaux : tous les animaux du cirque sont venus voir Mira. Et derrière les chevaux… il y a des hippopotames, des girafes, des pandas… Les animaux du zoo sont là aussi !

Tous veulent vivre chez le docteur Essie !

Le docteur Essie a beau être top de chez top, elle ne peut pas garder tout le monde ; elle manque de place.

Elle essaie de le leur expliquer, mais ils ne sont pas d'accord. Ça rugit, ça barrit, ça piaille… On ne s'entend plus !

Et voilà que Coco s'en mêle :

STOP !!

Je ne veux plus être vétérinaire !

– C'est trop dur, Bouffon, parce que je ne peux pas rendre tous les animaux heureux. Un jour, j'aurai un immense parc, où ils pourront tous venir.

– Ron, ron…

– Qu'est-ce que tu dis ? Ah oui, que je suis top de chez top ! Ben, comme toi, mon Bouffon ! Et toi, en plus, tu es si mignon… Allez, viens sur mon lit ; là, au moins, il y a de la place !

Youpi, je lis !

Découvre tous les autres titres de la collection !

Un pirate à l'école
Et si j'étais vétérinaire
Et si j'étais Cendrillon
Et si j'étais princesse
Et si j'étais parfaite
Et si j'étais un superhéros
La soupe à rétrécir
La reine de la récré

– C'est trop dur, Bouffon, parce que je ne peux pas rendre tous les animaux heureux. Un jour, j'aurai un immense parc, où ils pourront tous venir.

– Ron, ron…

– Qu'est-ce que tu dis ? Ah oui, que je suis top de chez top ! Ben, comme toi, mon Bouffon ! Et toi, en plus, tu es si mignon… Allez, viens sur mon lit ; là, au moins, il y a de la place !

Youpi, je lis !

Découvre tous les autres titres de la collection !

Un pirate à l'école

Et si j'étais vétérinaire

Et si j'étais Cendrillon

Et si j'étais princesse

Et si j'étais parfaite

Et si j'étais un superhéros

La soupe à rétrécir

La reine de la récré